Thomas Inselmann

Worte der Begierde II
(Erotische Gedichte)

Verlag:

BoD · Books on Demand GmbH, In de Tarpen 42,
22848 Norderstedt, bod@bod·de
Druck:
Libri Plureos GmbH, Friedensallee 273,
22763 Hamburg

ISBN: 978-3-7693-1078-8

Bibliografische Informationen der Deutschen
Nationalbibliothek:
Die Deutsche Nationalbibliothek verzeichnet diese
Publikation in der Deutschen Nationalbibliothek;
detaillierte bibliografische Daten sind im Internet
über:
http://dnb·dnb·de

Thomas Inselmann

Worte der Begierde II
(Erotische Gedichte)

Erregung in der Luft

In der Nacht,
finden meine Hände,
dich neben mir,
nackt und warm,
feucht und heiß,
fühle deine Liebe,
spüre deine Gier,
lecke deine Haut,
überall sanft ab,
noch viel mehr,
liegt in der Luft·

Uns zieht dein Blick

Dein Blick zieht mich an,
zu grenzenlosen Grenzen,
deine Blick zieht mich aus,
zu tabulosen Tabus,
dein Blick zieht uns hin,
zu hüllenlosen Hüllen.

So viel ich nur will

Ich liege hier im Bett,
und denk an dich,
wie du dich räkelst,
in schönen Dessous,
ich will dich berühren,
deinen heißen Atem spüren,
will dich den ganzen Tag,
zum Kommen bringen,
lecken, lutschen, liebkosen,
so viel ich nur will·

Herzen malen

Während du friedlich schläfst,
malen meine Finger zärtlich,
Herzen auf deine weiche Haut,
nimm sie langsam in dir auf,
lass sie tief in dir drinnen wirken,
so verweilt meine Liebe in dir.

In einem Atemzug

Wenn du vor mir kniest,
ich in deinen Haaren wühle,
du langsam meine Schenkel kraulst,
meinen Po massierst,
dann meine Hose öffnest,
alsbald langsam herunterziehst,
meinen Schwanz ganz sachte reibst,
ihn mit deinen Lippen umschließt,
an ihm saugst und leckst,
erst achtsam, dann ganz wild,
mit deiner Zunge an ihm spielst,
meine Eier wiegend in die Hand nimmst,
dabei ganz sanft zusammendrückst,
kann ich mich nicht mehr halten,
folge deinem verlockendem Willen,
spritze alles aus mir raus,
hinein in deinen süßen Mund,
deine Lippen fangen auch,
den letzten Tropfen noch auf,
du verführst und du verwöhnst,
in einem einzigem Atemzug.

Lasse dich kommen

In den Stunden mit dir,
küsse ich dich,
bis zur Ohnmacht,
meine Lippen ersticken dich,
und meine wilde Zunge,
leckt über deinen Körper,
bohrt sich in jede Öffnung,
ich drücke und reibe mich an dir,
ich mache dich geil und wild,
lasse dich immer wieder kommen,
durch Zunge, Finger, Schwanz,
bist du nicht mehr kannst,
und dann fange ich wieder an.

Öfter so

Falle über dich her,
wie ein Raubtier über seine Beute,
du lässt es geschehen,
genießt es bis zum Schluss,
brauchen es beide,
so oft es geht.

Abermals verfallen

Immer, wenn wir uns verliebt in die Augen schauen,
knistert Erotik, Begierde und Verlangen zwischen uns,
durch innige Küsse besänftigen wir unsere Sehnsucht,
unsere Hände suchen nach der vielen Zärtlichkeit,
die wir uns leidenschaftlich immer wieder gerne geben,
bis wir abermals in ein heftiges Liebesspiel verfallen.

Versaute Fantasie

Meine versaute Fantasie,
lässt mich immer geil sein,
geil auf dich, geil auf uns.

Dieses Gefühl

Dieses Gefühl,
was ich habe,
in deiner Nähe,
ist unheimlich,
prickelnd und,
gut und sexy,
ich fühl mich,
einfach nur,
super dabei.

Tropfst auf meine Lippen

Ein erotischer Vulkan über mir,
tropfst auf meine Lippen,
zeigst hemmungslose Begierde,
lecke die Feuchtigkeit von dir,
meine Zunge zieht bei dir ein,
spüre das Feuer deiner Lust,
deine Leidenschaft ist entfacht,
bald ekstatische Bewegungen,
bäumst dich auf und zitterst,
bin am Ertrinken unter dir.

Das Begehren nach dir

Mir ist so heiß,
wir spielen wieder,
mit unseren Sinnen,
reizen uns aus,
beim Liebesspiel,
sind schon am Schwitzen,
und viel nackte Haut,
unsere tierische Gier,
lässt uns nicht los,
weit gespreizte Schenkel,
das Begehren nach dir,
uns zittern die Lenden,
die Augen verbunden,
mehr Gefühle der Haut,
aus küssen wird lecken,
wir riechen und schmecken,
aus streicheln wird zucken,
Zungen die spielen,
bis zu Erschöpfung.

Zufrieden ist dein Blick

Du liegst nackt auf dem Bett,
und riechst so herrlich weiblich,
das Zimmer riecht nach dir,
ich will dich berühren,
doch du willst mir zuschauen,
wie ich es mir mache,
dein Blick ist geil dabei,
du beginnst dich zu streicheln,
das feuert mich an,
schon bald komme ich,
auf deine schönen Brüste,
du verreibst meinen Saft,
ganz langsam und zärtlich,
zufrieden ist dein Blick.

Du bist

Du bist,
so nah,
bist mein,
Zuhause,
deine Küsse,
schmecken süß,
dein Körper,
fühlt mich,
du bist,
ein Gefühl,
von Liebe,
ein Geschenk,
des Himmels,
Zeit mit dir,
ist wunderschön,
du bist,
ein Lächeln,
in meinem Gesicht·

Ausgezogen angezogen

Meine kleinen schmutzigen Gedanken,
übertrage ich durch Küsse auf dich,
so werden sie schneller groß,
und werden ganz schnell wahr,
so können wir ausgezogen,
sehr gut angezogen sein·

Bis du mehr willst

Meine frechen schmutzigen Gedanken,
flüstere ich dir ganz leise in dein Ohr,
während meine immer forschenden Finger,
im ewigen Kreis der Lust über deine Haut gleiten,
bis du deine Lust und dein Verlangen,
nicht länger verbergen kannst und mehr willst.

Deine Erscheinung

Deine Haare wehen im Wind,
flammend locker und leicht,
als ob du deine Flügel spreizt,
dein Gang ist sinnlich wiegend,
wie über eine Wolke schwebend,
so elegant und verführerisch.

Du auf dem Bett

Wie du dort so nackt auf dem Bett liegst,
dein Körper ist eine Augenweide,
ich scanne jeden Zentimeter von ihm,
deine Haare liegen wild auf weicher Haut,
Brüste und Hüften, ein Reim im Gedicht,
geheimnisvolles Lächeln, honigsüßer Blick,
deine Schenkel sind weit gespreizt,
der feuchte Schimmer lockt und verführt,
unsere heißen Küsse werden hungriger,
schon bin ich in dir...

Du erwartest mich

Du liegst unschuldig, auf weißen Laken,
die Augen geschlossen, bist du schlafend,
oder erwartungsvoll, sehe deinen körper,
die samtweiche Haut, wohlgeformte Brüste,
riechst sehr weiblich, das macht mich an,
dein dunkles Haar, liegt auf deinem Hals,
die Schenkel so geil, ein wenig gespreizt,
zartrosa Schimmer, ahne dabei mehr,
als ich sehen kann, ein weiblicher Körper,
schön anzusehen, du reizt mich sehr,
bin schon erregt, meine gierigen Hände,
ziehen dich zu mir hin, du erwartest mich.

Aufs Neue reizt

Es erregt mich, dich so zu sehen,
will in dir versinken und ertrinken,
ein Kuss in sanfter Zärtlichkeit,
ich bin vor lauter Lust am Beben,
spüre, dass ich dich auch stark errege,
unsere Lust kennt wieder keine Grenzen,
wir wollen wieder mal nur geil sein,
treiben uns von Orgasmus zu Orgasmus,
jeder Kuss, jede Berührung aufs Neue reizt.

Das reicht mir nicht

Augen ganz blau,
offen und sternenklar,
mal warm, mal kalt,
dieser tiefe Blick,
versinke stundenlang,
würde sie gerne küssen,
sie nur anzuschauen,
das reicht mir nicht.

Dein Honigpo

Finger gleiten zart,
über deinen Honigpo,
fühlen die weiche Haut,
und das kleine Höschen,
mit den weichen Spitzen,
Hände kneten hart,
deinen sexy Honigpo,
fühlen deine Erregung,
langsam in dir steigen,
Schenkel bald gespreizt,
Hände gleiten langsam,
von deinem Honigpo,
zu den Schenkeln hin,
und ein Stückchen weiter,
bis zur Liebesgrotte bald,
Augen schauen gierig,
auf deinen Honigpo,
und zwischen die Schenkel,
wie die Finger wandern,
in die Grotte dann hinein.

Einfach viel lieblicher

Meine Zunge,
fährt langsam,
über deine Haut,
schreibt für dich,
eine Botschaft,
ich bin gespannt,
ob du sie fühlen kannst,
natürlich könnte ich,
sie auch einfach sagen,
doch so ist es doch,
einfach viel lieblicher·

Durch die Zeit tanzen

Immer noch verzaubert,
von unserem Frühling,
tanze ich durch die Zeit,
deinen Namen singend,
immer bei dir zu sein,
ist das reinste Glück.

Nähe unserer Herzen

Ich rieche den Duft deiner Haut,
du lädst mich ein zum Träumen,
ich fühle die Nähe unserer Herzen,
unsere Leidenschaft zieht uns an,
breitet sich langsam über uns aus,
deine Lust treibt mich magisch an,
wir können unsere Finger nicht,
von uns lassen, bis wir fertig sind.

Du bist gemacht für Sex

Komm, wir gehen auf eine sexuelle Reise,
nur wir beide, nur jetzt und hier,
wir lassen uns fallen, vergessen alles,
um uns herum, keine Sorgen,
und keine Nöte blockieren uns,
lass uns die Seelen nun verbinden,
und dann die Körper verschmelzen,
wir werden kommen, immer wieder,
lass dich fallen, mach einfach mit,
denn du bist gemacht für Sex,
unsere Lust wird unendlich sein,
die Gier nach mehr regiert uns ganz,
ganz nah ist Leidenschaft in Vollendung,
gib dich mir hin, lasse es einfach zu·

Blicke berühren sich

Wenn dein Herz schlägt,
wild und auch verlangend,
gierig lange Zungenküsse,
nur leise zärtliche Worte,
erkundende Hände auf Haut,
Lustgefühle überkommen uns,
Blicke, die sich zart berühren,
Körper sind so stark erregt.

Getragen von Begierde

Wieder spreizt du deine Schenkel,
zeigst mir deine offene Lust,
dein Schoß ist jetzt nur für mich,
deine süßen Früchte liegen vor mir,
getragen von Begierde komme ich zu dir.

Du zeigst es mir

Zeige mir,
die Grotte,
des Verlangens,
reibe sie,
für mich,
für meine Lust,
nasse Finger,
heißer Atem,
deine Lust,
leidenschaftlicher,
Höhepunkt,
von uns beiden.

Zungenschlaggewitter

Unser feuchtes Zungenschlaggewitter,
ist wie immer sehnsuchtsschwangergeil,
und meine Zwischenschenkelerwartungen,
auf meine Lieblingszuckerperlengrotte,
ist meine liebesschweißtreibende Welt.

Deine Küsse

Die meisten Küsse im Leben sind vergessen,
aber an deine Küsse erinnere ich mich immer wieder,
sie schmecken einfach zu süß, zu sexy,
als dass man sie jemals wieder vergessen kann.

Sei laut

Zieh den Rock nach oben,
zeig mir deine Schenkel,
dein Höschen ist schon feucht,
streichele deine Muschi,
mach dir die Finger nass,
ich will dir zusehen,
wie du es dir machst,
zieh dein Höschen aus,
lass mich dich riechen,
du bist so endlos geil,
dein Saft läuft aus dir heraus,
er macht Flecken in das Laken,
dein Stöhnen, dein Winden,
bald ist es schon so weit,
sei laut, wenn du kommst,
ich will es mit dir erleben.

Fleisch der Lust

Lasse meine Hände sanft auf dir gleiten,
um uns ganz langsam vorzubereiten,
auf das Spiel der Liebe, das nun beginnt,
wodurch unsere Lust immer mehr gewinnt,
wenn du mir dann deine Lippen reichst,
und zärtlich über meinen Körper streichst,
sind wir ganz schnell so sehr erregt,
was unsere Körper dann achtsam bewegt,
aus dem Bereich deiner scharfen Hüfte,
locken mich dann die tollsten Düfte,
eingebettet im süßen Fleisch der Lust,
komme ich über dich ganz unbewusst,
in die Augen schauen wir uns dabei tief,
unsere Liebe ist immer sehr intensiv.

Niemals zu viel

Mein Organ der Freude,
betrat dein Asyl der Liebe,
vereinigten sich wild,
immer wieder, immer öfter,
denn davon gibt es nicht genug,
und auch niemals zu viel·

Gemalte Worte

Ich male mit Worten,
wunderschöne Bilder,
über unsere Liebe,
ich male immer weiter,
Worte berühren Herzen,
und erwärmen die Seele,
gemalte Worte, wunderschön.

Köstlichkeiten

Die Köstlichkeiten deines nackten Körpers,
verführen mich zu höchster Leidenschaft,
lustverdorben sind meine Gedanken an dich,
wenn ich an dir sauge, lecke, schlecke,
ist es ein absoluter Leckerbissen für mich,
komm, spreize deine glatten sexy Schenkel,
und öffne dich nun vollkommen für mich,
ich will dich verführen, alles an dir spüren,
deine Blicke sagen mir, du willst es auch.

Wie Mücken zum Licht

Wir werden zueinander gezogen,
wie die Mücken zum hellen Licht,
unsere Lust und Leidenschaft,
ist durch nichts aufzuhalten,
wir nehmen uns gegenseitig,
was auch immer wir dazu brauchen.

Glücklich fertig

Dein Höschen hängt schon um die Knöchel,
der kurze Rock ist hochgezogen,
streckst mir dein Hinterteil entgegen,
mit den Ellenbogen auf dem Schreibtisch,
erwartest du mich nun von hinten,
kannst es kaum erwarten, bis ich in dir bin,
deiner fordernden Leidenschaft folgend,
mach ich was du jetzt von mir willst,
unsere Lust kennt dabei keine Grenzen,
bis wir bald darauf glücklich fertig sind·

Wie wir uns lieben

Ich finde ein Lächeln in meinem Gesicht,
das kommt von den Gedanken an dich,
meine Seele macht das große Licht an,
mein Verlangen wird immer getrieben,
vor Erinnerungen, wie wir uns lieben,
wie ein Liebestraum, keine Sekunde Ruh,
in meinem Herzen bist auf ewig nur du.

Unsere Zeit

Es ist unsere Zeit,
die unsere Träume,
erfüllen lässt,
es sind unsere Küsse,
die süß wie Blüten,
immer wieder schmecken,
es sind unsere Nächte,
die weich wie Samt,
über uns liegen.

Verführerischer Leib

Was dein Körper mir erzählt,
ist eine schöne Geschichte,
über erotische Empfindungen,
da sind Worte in deinem Blick,
die mich zu dir rüber ziehen,
deine Schenkel machen mich an,
deine Haut ist so glühend heiß,
meine Gedanken sind noch heißer,
dein Leib ist so verführerisch,
ich kann ihm nicht widerstehen,
er zieht mich geheimnisvoll an.

In der Tiefe der Nacht

Es ist heiß und dunkel hier draußen,
nur ein paar Sterne am Himmel,
wir schwitzen, kein Wind geht,
unsere Blicke ziehen uns an,
wissen was wir wollen,
lass mein Herz hinein,
und nimm dir meins,
umschlingen uns trotz Hitze,
Küsse versieglen unseren Mund,
verlieren die Umgebung,
Schweiß perlt an uns herab,
wir fühlen uns,
warten nicht lange,
legen einfach los,
viel zu gierig sind wir,
verlieren und ganz und gar,
in der Tiefe der Nacht.

Liebe uns gefangen hält

Ein Kuss löst Gefühle aus,
Zungen flackern sachte,
von Mund zu Mund,
voller Verlangen zu uns,
gehen den Zaubersteg,
der Liebe zusammen,
du öffnest dich für mich,
ich bin die kleine Biene,
die sich den Necktar nimmt,
aus deiner duftenen Blüte,
schmeckt so weiblich süßherb,
bekomme nicht genug davon,
du umschließt mich sanft,
schleckst auch meine Speise,
nasse Finger spielen auf Haut,
irrend, suchend, entdeckend,
bis wir Schlaf finden können,
Liebe uns gefangen hält.

Heißer glutvoller Kuss

Ich kann sehen, wie du geil wirst,
in deinen Augen, glimmt Verlangen,
wenn du mich anschaust, du forderst mich auf,
wild und fordernd, es mir zu machen,
Augen so groß, Blick klar und geil,
deiner Leidenschaft folgend,
beginne ich mit dem Spiel,
kannst es nicht erwarten,
bis meine heiße Sahne, auf deine Brüste spritzt,
deine Hände streicheln dich,
deine Lippen kräuseln sich,
deine Begierde wächst, mein Zunge wandert,
über deine Schenkel, ich kann dich riechen,
küsse deine Perle, lecke deinen Saft,
von deiner Vulva, bis ich dich höre,
stöhend vor Ekstase, dann finden sich,
unsere Münder, heißer glutvoller Kuss,
endlose Liebe·

Komm für mich

Im Dämmerlicht der Kerze,
glänzt meine Eichel geil,
geil, vor Verlangen nach dir,
deine Schamlippen schimmern feucht,
wir liegen zusammen,
wie so oft, so endlos geil,
du bringst mich immer dazu,
dich sexuell zu begehren,
deine Anwesenheit reicht schon aus,
komm für mich,
lass es mich spüren,
und lass mich in dir kommen.

Mein Wunschtraum

Meine Zunge gleitet über deine sanften Lippen,
die Lust ist riesengroß und treibt mich zu dir,
will gar nichts von dir, will nur noch alles mit dir,
dein herrlicher Körper umschmeichelt meine Sinne,
lebe mit dir meine ganz heimlichen Fantasien aus,
ich bin berauscht von deiner wilden Leidenschaft,
wunderbar, wie unsere Körper sich in Lust verbinden,
benetze deine samtweiche Haut mit meinem
Speichel,
Lippen, die den Köper sachte streichelnd, verführen,
meine verlangende Zunge dich in Ekstase versetzt,
du bist mein Wunschtraum, wir nur jetzt und hier.

Mit der Gerte

Zieh den Rok hoch,
schlüpf aus dem Slip,
und bück dich tief,
ich lasse die Gerte tanzen,
auf deinem nackten Arsch,
lautes geiles Klatschen,
mach es dir selbst,
ich klatsche weiter,
es dauert nicht lang,
dann bist du soweit,
der Arsch ist knallrot,
die Schenkel sind nass,
so wie du es wolltest.

Seit Stunden provoziert

Meine heiße weiße Sahne,
mitten in dein Gesicht,
das hast du so gewollt,
seit Stunden provoziert,
zufrieden siehst du aus,
zufrieden bin auch ich.

Immer wieder kommen sehen

Will nachts nicht an den Morgen denken,
ich will dir nur zärtliche Küsse schenken,
Lippen sollen über deinen Körper hauchen,
mein Kopf wird unter die Decke tauchen,
um deine süße feuchte Vulva zu ergründen,
sie tun uns so gut, unsere kleinen Sünden,
kann dir nun mal einfach nicht widerstehen,
möchte dich immer wieder kommen sehen·

Meine Gedanken strahlen

Hol dir Eintrittskarten,
für mein Kino im Kopf,
dort ist immer was los,
du bist natürlich dabei,
springst leicht bekleidet,
durch den kleinen Film,
du gehst unter die Haut,
meine Gedanken strahlen,
im Licht unserer Zeit,
du und ich im Leben,
zwei die sich begehren,
und wir treiben es wild.

Ich begehre dich so sehr

Komm jetzt zu mir,
stille meinen Hunger,
den Hunger nach dir,
bekomme nicht genug,
von deinem Körper,
und nicht von dir,
wieder und wieder,
verlange ich nach dir,
begehre dich so sehr·

Heute bist du mein

Alles leuchtet mit dir,
unsagbar hell und klar,
der Tag lächelt uns zu,
wie ein Sonnenstrahl,
die Nacht freut sich
über uns, über das Wir,
du bist ein heller Stern,
lieblich und zauberhaft,
und heute bist du mein.

Eine schöne Rose

Eine schöne Rose,
ist sehr liebreizend anzusehen,
sie betört durch ihren Duft,
sie ist sehr sensibel,
und öffnet sich nur,
wenn man ihr zärtlich begegnet,
dann spreizt sie ihre Blätter,
und ist zur Aufnahme bereit,
ihr Duft und ihre Tropfen,
laden ein, sich an ihr zu erquicken,
so erfreut sie jeden,
der sich ihr so nähert.

Mund wandert

Deine Haare,
kitzeln mich,
du streichst sie,
über meinen Körper,
während dein Mund,
suchend wandert,
bis er dann findet,
was er haben wollte.

Dieses Blau

Ich sah mein Spiegelbild,
in deinen klaren Augen,
verzaubert von diesem Blau,
bin ich noch immer,
viel schöner als das Blau,
das am Himmel steht.

Nie genug

Deine Schenkel,
so weit gespreizt,
deine Haut,
schön warm und weich,
küsse deine Brüste,
fingere deine Grotte,
reize deine Knospe,
begehre dich so sehr,
bekomme nie genug.

All die Stunden

Eine Stunde der Liebe,
vielleicht sind wir nur ein Moment,
aber ich will deine Nähe,
einfach nur bei dir sein,
du bist mir angenehm,
all die Stunden mit dir,
machen mich glücklich.

Bist voller Erregung

Meine Lippen streifen deinen Hals,
knabbern zärtlich an deinen Ohren,
meine Hände streicheln deinen Bauch,
wandern über deinen Körper,
bald gefolgt von meiner Zunge,
deine Brustwarzen sind steif,
dein Atem geht jetzt schneller,
Begierde steigt in dir auf,
meine Zunge fängt an zu spielen,
du bist jetzt voller Erregung,
und ich bin es schon lang.

Noch niemand zuvor

Meine Zunge schreibt liebe Worte,
auf deine Schenkel und deinen Bauch,
mein Verlangen steigert sich,
ich bin voll Wollust und voll Gier,
Hände entzünden unsere Leidenschaft,
berühre mich, lass mich brennen,
begehre mich, zeig mir deine Lust,
befeuchte deine Lippen, nimm IHN dir,
so wie ich SIE mir auch einfach nehme,
komme durch dein Zungen- und Mundspiel,
wie mich noch niemand kommen lassen hat.

Im entflammten Bett

Du riechst so herrlich weiblich,
öffne deine Flügel nun für mich,
ich bin so begierig auf dich,
lass mich jetzt in dir kommen,
und komm du auch durch mich,
du machst mich so endlos heiß,
dass ich immer wieder brenne,
du und ich im entflammten Bett,
spielen miteinander bis zum Schluss,
und lassen nur feuchte Flecken zurück.

Von Nacht zu Nacht

Du hast mich richtig angemacht,
wir ziehen von Nacht zu Nacht,
du riechst so herrlich weiblich,
Sex mit dir ist unausweichlich,
du bist von mir stets gewöhnt,
dass meine Zunge dich verwöhnt,
ich will dich überall berühren,
dabei deine Erregung spüren,
im Bett werde ich dich drehen,
will dich immer kommen sehen,
vom ersten Tag, als ich dich küsste,
befriedigst du immer meine Gelüste,
willst meine heiße Sahne genießen,
komm, und lass sie für uns fließen.

Dein Höschen

Dein Höschen ist ein kleines Nix,
in das ich ab und zu mal wichs`,
du bist dann nicht bei mir,
meine Gedanken sind aber bei dir,
ich denke an deinen schönen Leib,
du bist schon ein supergeiles Weib,
in Gedanken komme ich auf dein Gesicht,
abzuspritzen auf dich, ist ein Gedicht.

Der ewig kleine Tod

Wir gehen jetzt dorthin,
wo die Lust zuhause ist,
das kann jeder Ort sein,
wir brauchen nicht viel dazu,
sehe das Verlangen steigen,
deine Augen zeigen es mir,
im Taumel der Gefühle,
gleiten wir angenehm dahin,
wir nehmen uns das Süße,
hören uns stöhnend zu,
heiße Körper beben stark,
lass alles heraus aus dir,
schrei ganz laut dabei,
genießen unseren Rhythmus,
gebe dir die süße Qual,
lass mich jetzt sterben,
den ewig kleinen Tod.

Küssen uns in die Seele

Sanftes Licht,
ein Traum,
wir in einem Raum,
das Herz berührt,
die Kraft der Liebe,
zieht uns an,
küssen uns in die Seele,
fühlen unser Lieblingslied.

Der ewigliche Moment

Der Moment,
als wir uns das erste Mal küssten,
war der Moment,
von dem ich seit damals immer träumte,
dieser Moment,
ist endlich Wirklichkeit geworden,
der Moment,
hält die Zeit an und dauert ewiglich.

Ich möchte deine Fotze küssen

Ich möchte deine Fotze küssen,
mit den Lippen an ihr spielen,
meine Zunge bohrt und leckt,
sie kreist immer wilder werdend,
ich knabbere und sauge sie aus,
sie ist so herrlich warm und nass,
das weiche Fleisch schmeckt so gut.

Wir leben die Lust

Wenn Lust uns erfasst,
im zügellosen Rausch,
jede kleine Berührung,
ist ein geiler Schauer,
Hände glühend heiß,
ertrinken im Genuss,
hemmungslose Zungen,
atemlose Körper,
hecheln leise Laute,
bis zum kleinen Tod,
wir leben die Lust.

Zuckersüßer Mund

In deinem zuckersüßen Mund,
möchte ich kommen,
mich zuckend in ihm ergießen,
immer wieder in deinem Mund,
in deinem zuckersüßen Mund.

Zeittraum

Was für immer bleibt,
ist die süße Erinnerung,
von Ewigkeit zu Ewigkeit,
schmeckt dein Kuss,
auf sanfter Streichelhaut,
die letzte gemeinsame Nacht,
war unerreichbar leidenschaftlich,
manchmal ist Zeit nur ein Traum,
im Traum ist für Zeit kein Raum.

Eine Spielart

Ein Kuss der Liebe, Hände wandern auf Haut,
immer hin und her, mal zärtlich und mal gierig,
Lippen hängen an Lippen,
die Zungen spielen ein wildes Spiel,
ein wunderbares Gefühl, dann wandert der Mund,
die Lippen fliegen, über deinen Hals,
Hände auf den Brüsten, ich will dich berühren,
begehre dich so sehr, langsam wandert die Zunge,
den Fingern hinterher, lass mich deine Lippen spüren,
wir drehen unsere Leiber, Finger suchen,
Finger tasten,
gefühlvoll zwischen deine Schenkel,
sie kreisen, sie verwöhnen, mal zart, dann hart,
sehne mich nach ihr, Stöhnen ist zu hören,
die Zunge unterstützt die Finger, dringt in dich ein,
immer wieder und wieder, zärtlich aber bestimmt,
dein Mund ist zwischen meinen Beinen,
spüre deine Zunge sanft,

streichelst meinen Po, rhythmisch gleitet dein Mund,

auf IHM auf und nieder, mich durchflutet die Lust,

will platzen, Verlangen so groß, spüre deine Erregung,

fühle dein Zittern,

das Spiel der Liebe tobt nun wild,

sehe, was ich schlecke,

Leidenschaft wird Lüsternheit,

schmecke, rieche, sehe dich, du bist jetzt gierig,

willst von mir trinken,

gleich bin ich so weit, schneller Atem, wildes Lecken,

dann erlösendes Zucken, sekundenlange Entladung,

langsam laufen die Zungen aus,

zufrieden liegen wir da.

Wissen was wir tun

Bedecke dich mit Küssen,
zärtlich und auch fordernd,
die Laute deiner geilen Lust,
treiben mich dabei weiter an,
denn wir wissen was wir tun,
wenn unsere Körper spielen,
genießen stets den Augenblick.

Während du schläfst

Nackt liegst du da,
so schön auf dem Bett,
ich sehe dich an,
dein Körper erregt mich,
ich lege mich dazu,
berühre nur mich,
um dich nicht zu wecken,
dann bin ich fertig,
und schaue zu,
wie der Saft auf dir,
langsam trocknet.

Mit dem Mund

Man muss nicht so viel reden,
denn mit dem Mund,
kann man viel schönere Dinge machen,
und gerade die verdorbenen Sachen,
sind oft die leckersten dabei·

Dann bist du soweit

Du sitzt vor mir,
auf meinem Schreibtisch,
reibst deine Brüste,
Finger wandern hin und her,
finden den Weg,
zu deiner Vulva,
deine Schenkel weit gespreizt,
spaltest die Lippen,
schimmernde Nässe,
im Dämmerlicht,
spielst an deiner Perle,
den Mund leicht offen,
die Augen geschlossen,
beginnst zu schwitzen,
dein Schweiß macht mich geil,
die Finger werden schneller,
schon höre ich Stöhnen,
fast lautlos, aber bestimmt,
dein Becken zuckt,
die Finger zittern,
dann bist du soweit.

Dein Sex ist heiß

Sanfte Lippen,
auf meiner Haut,
ganz hauchzart,
dein Sex ist heiß,
so wie jede Nacht,
lass uns lieben,
nimm mich jetzt.

Wenn ich dich fühle

Streichelnde Hände machen mich verrückt,
deine Haare kitzeln auf meinem Körper,
fühle deinen Atem, wie ein Hauch auf mir,
bei dir verliert mein Herz den Verstand,
will meinen Körper mit dir teilen,
vergesse die ganze Welt um mich herum,
ich will dich immer noch mehr spüren,
schließe die Augen, wenn wir uns küssen,
wilde Gier schwelt in mir, will dich jetzt sofort,
lustvolle Blicke treffen sich in unseren Augen,
wie immer, wenn ich dich fühle.

Wieder nur ein Traum

Du hast große Lust,
stehst nackt vor mir,
ich soll dich nehmen,
bückst dich vor mir,
zeigst mir alles,
und wie du es willst,
bist schon so feucht,
ich bin bereit für dich,
lege dir die Fesseln an,
bist gierig auf Ekstase,
gebe dir was du willst,
bist grenzenlos ergeben,
genießt Stoß für Stoß,
du duftest wieder so geil,
doch dann wache ich auf,
es war nur ein Traum.

Hüllenlos

Hüllenlos stehst du vor mir,
trägst nur dein Parfüm,
sehe, du bist frisch rasiert,
dein Körper duftet lecker,
dein Mund ist leicht geöffnet,
deine Brüste wippen angenehm,
beugst dich zu mir nieder,
unsere Zungen begegnen sich,
wollen nicht voneinander lassen,
Erregung steigt in uns beiden auf,
Hände und Finger beginnen ihr Spiel,
uns überkommt das Verlangen nach mehr.

Glück genießen

Mit dir durch die Nacht tanzen,
ein Blick in die Sterne dazu,
Rotwein bei zärtlichen Stunden,
mit dir das Ziel fest im Auge,
alle Sinne nur auf uns gerichtet,
wollen wir das Glück genießen.

Zum Gipfel der Lust

Ich spüre, wie das Verlangen in meinen Lenden
kribbelt,
all meine Sinne sind voller Verlangen nach dir,
Gedanken an dich erregen mich endlos stark,
ich schaue dich an, die Augen sind voller Gier,
dein ewig lockender Duft, zieht mich zu dir,
deine weiche Haut und deine offenen Schenkel,
laden mich mal wieder verführend zu dir ein,
du empfängst mich ungeduldig voller geiler Begierde,
voller Leidenschaft komme ich langsam über dich,
gemeinsam wandeln wir auf den Gipfel der Lust.

Das Tier in mir

Wenn meine Gedanken dich streicheln,
meine Blicke dich küssen,
meine Hände dich fühlen,
und dein Atem mich erregt,
werde ich zum Mann,
das Tier in mir erwacht.

Liebe sprechen

Die Sprache der Liebe ist küssen,
Zungen und Lippen sind deutlicher,
als all die vielen kleinen Worte,
küssen ist gesund und international,
komm, lass uns Liebe sprechen.

Unsere Körper spielen

Mein Körper sehnt sich nach deinem,
so verführen wir uns gegenseitig,
mit Blicken, Händen und einem Lächeln,
lass uns küssen, lass uns einfach spielen,
ich will deinen wilden Atem hören,
dein starkes Herz schlagen spüren,
schau dir meinen Körper an dabei,
berühre, was immer du willst,
ich betrachte dich geil,
unvergesslich wunderschöne Zeit,
ewige Liebe haben wir geschworen,
wir begehren uns so sehr,
Verlangen und Befriedigung,
weiche Haut, feuchte Haut,
hingebungsvolle sanfte Küsse,
unsere Körper spielen,
und hören niemals auf·

Fühlen durch die ganze Nacht

Deine Hände streicheln mich,
sanft und doch fest,
sie sind leidenschaftlich fordernd,
dein Atem geht dabei schnell,
Küsse bedecken meinen Körper,
zärtlich, aber bestimmt,
berührst auch meine Seele,
lässt deine Zunge wandern,
auf meiner nackten Haut,
Schauer überkommen mich,
so nimmst du mich mit,
auf eine wunderschöne Reise,
auf zerwühlten kühlen Laken,
hinterlassen wir unsere Spuren,
zwischen Hingabe und Verlangen,
der Geruch der Liebe umhüllt uns,
wir können uns beide spüren,
fühlen durch die ganze Nacht.

Meine Zunge ist dein Lippenstift

Verloren in deinem Blick,
entfachst du das Feuer in mir,
eine Woge der Leidenschaft,
treibt über mich hinweg,
voller Verlangen dich zu spüren,
glühend fordernd werde ich,
in meinen Armen bist du mein,
gib mir nun deine ganze Liebe,
lass uns mit einem Kuss beginnen,
meine Zunge ist dein Lippenstift,
lasse nur eine feuchte Spur zurück.

Genau richtig

Zieh dich aus,
bück dich,
sei willig,
denn deine Kurven,
sind einmalig,
wahrlich weiblich,
purer Sex,
genau richtig,
für mich.

Nie mehr von dir lassen

Wir beim Liebesspiel,
meine Küsse sind hungrig,
Hände die mich berühren,
das Rosarot zwischen deinen Schenkeln,
ist für mich die schönste Farbe,
neben dem Blau deiner schönen Augen,
ich will dich jetzt nehmen,
und nie mehr von dir lassen.

Fix und fertig

Verlangen und Befriedigung,
das ist unser ewiges Spiel,
wir nutzen die Momente,
um uns stets zu begehren,
und hören erst dann auf,
wenn wir fix und fertig sind.

Der Perlenstring

Der Perlenstring,
einfach sexy anzusehen,
wie er die Lippen spaltet,
ist die Hose schön eng,
weiß ich genau,
neckt er dich, reizt er dich,
das macht dich geil,
deine feuchten Lippen,
umschließen ihn,
reibt an der Knsope,
ich könnt ihn mir,
den ganzen Tag ansehen.

Zieh dich aus

Zieh dich aus,
zeig was du hast,
mach es langsam,
will es genießen,
dreh dich dabei,
zeig mir,
geile Brüste,
einen schönen Bauch,
feste Schenkel,
deinen feuchten Schoß,
will dich ansehen,
vor Lust vergehen.

Ein Genuss

Zärtlich küsse ich deine Brüste,
und streichele deine harten Nippel,
knabbere an ihnen,
während meine Hand tiefer rutscht,
und deinen feuchten Schoß erfühlt,
massiere deinen Kitzler,
bevor ich langsam in dich eindringe,
bewege mich rhythmisch in dir,
bis wir zusammen explodieren,
liegen dann eng aneinander,
und streicheln uns,
der Akt der körperlichen Liebe,
ist ein Genuss mit dir.

Bald kommen

Wenn ich die Augen schließe,
und dich genieße,
meine Hände dann tasten,
sie wollen nicht rasten,
fasse dich überall an,
und du lässt mich ran,
küssen uns pausenlos,
bis zum ersten Stoß,
bewegen uns vertraut,
und sind dabei laut,
machen uns so benommen,
können so schon bald kommen.

Dein Geruch

Ich mag den Geruch,
der von dir ausgeht,
wenn du bei mir bist,
wie er mich verführt,
mich immer betört,
einfach willenlos macht.

Leidenschaft nimmt Überhand

Dein Körper ist so sinnlich schön,
ich versinke in deinen Augen,
zärtlich die Worte aus deinem Mund,
unsere Herzen fühlen den Moment,
wenn wir uns durch Küsse verführen,
Körper schmiegen sich aneinander,
die Leidenschaft nimmt Überhand.

Stillstehen

Wenn meine Lippen deine berühren,
beginnt die Zeit stillzustehen,
meine Küsse gleiten über deine Haut,
schneller Atem, Lust ist geweckt,
lass uns die Augenblicke fühlen,
kannst du meine Liebe spüren?

Zu einem Ziel

Unsere Münder leicht geöffnet,
Zungen finden sich ganz leicht,
tändeln zart ein liebevolles Spiel·

Hände tasten langsam über Haut,
entdecken dabei erogene Regionen,
streicheln leidenschaftlich liebevoll·

Körper bewegen sich dann achtsam,
empfinden sich gefühlvoll angenehm,
streben gemeinsam zu einem Ziel·

Was du so hast

Du liegst da auf dem Rücken,
gehüllt in heiße weiße Wäsche,
Straps und Höschen wunderbar,
meine Blicke scannen dich ab,
Erregung kommt in mir hoch,
will dich jetzt überall berühren,
Hände über dich gleiten lassen,
doch du weist mich einfach ab,
willst mir dich momentan nur zeigen,
ich soll sehen, was du so hast.

Unübertrefflich

Ich streichele,
deinen Körper,
mit Blicken,
errege mich,
an ihm,
du bist heiß,
endlos,
glühend heiß,
perfekt geformt,
weibliche Kurven,
und du schmeckst,
so unübertrefflich,
gut.

Müssen wieder warten

Nächte unserer Lust,
verfliegen viel zu schnell,
gerade angekommen,
eben erst begonnen,
kaum richtig geküsst,
schon wieder vermisst,
Lust und Leidenschaft,
müssen wieder warten·

Mit allen Sinnen

Mit allen Sinnen,
nehme ich dich wahr,
schmecke deine Gelüste,
rieche deine Lust,
höre deine Gier,
sehe deine Begierde,
fühle dein Verlangen·

Langsamer Anlauf

Ein Moment im Dunklen,
nur wir zwei sind dabei,
fühlen uns ohne Augen,
Hände und Finger tasten,
lautlos gleiten wir dahin,
spüre deinen heißen Atem,
wir erkunden uns zärtlich,
nehmen langsam Anlauf...

Körper verschmelzen sich

Berührungen machen uns wehrlos,
Liebe heißt auch sich zu vereinen,
verzehren uns beide nach UNS,
honigsüße Küsse gibst du mir viele,
ein wunderschöner Flug beginnt,
schaffen eine weitere Erinnerung,
auf unser leidenschaftlichen Reise,
während Körper sich verschmelzen.

Ineinander verhakt

Ineinander verhakt,
winden sich Körper,
mit viel Zärtlichkeit,
auf weichen Laken,
haben nur ein Ziel,
die Lust einfordern,
den Genuss verlangen,
und dabei alles geben.

In Leidenschaft baden

Wenn ich über dir bin,
wir in Leidenschaft baden,
du an meiner Brust saugst,
unsere Herzen wild hüpfen,
verführt von geilen Gelüsten,
fühle ich dich wie nie zuvor.

Gierig auf dich

Meine Lust ist heiß,
auf deinem Körper,
gierig bin ich auf dich,
will dich jetzt sofort,
öffne dich für mich,
und lass uns spielen,
einfach grenzenlos geil·

Einfach spielen

Ich möchte mit dir spielen,
das Spiel von Liebe,
und das von Lust,
lass uns einfach spielen,
tabulos und geil.

Du wieder

Wie nackt du wieder bist,
hier, liegend bei mir,
wie sexy du wieder bist,
räkelnd auf dem Bett,
wie gut du wieder schmeckst,
zwischen deinen Beinen,
wie erregend du wieder kommst,
durch meinen Zungenschlag.

Brennende Lust

Du bist ein schönes Gefühl,
von Liebe und von Lust,
du bist mein liebes Leben,
und auch mein Liebesleben,
bist mein Gedanke an Sonne,
umhüllt von deiner Wärme,
verschaffst mir brennende Lust.

Auf dem Laken

Auf dem Laken liegend,
bedecken uns mit Küssen,
wälzen uns hin und her,
Leidenschaft erbebt in uns,
Begierde steigt endlos empor,
können nicht von uns lassen,
wie werden wir es heute tun...?

Willig, heiß und feucht

Wonach ich mich sehne,
ist die Lust auf dich,
meine Zunge zieht Kreise,
über deine zarte Haut,
du bist die Versuchung,
der ich nicht widerstehe,
meine Lippen saugen fest,
überall an deinem Körper,
verlangend nach deiner Lust,
du öffnest dich ganz und gar,
dein Fleisch will ich jetzt,
so willig, heiß und feucht.

Voller Lust

Ich bin immer wieder überwältigt,
von dir und deinem Körper,
von deinem weiblichen Duft,
und von deinen süßen Küssen,
deine Zärtlichkeit ist ohne Gleichen,
du bist erotisch und so voller Lust.

Hautnah

Hautnah kann ich dich spüren,
kann dein Liebesgeflüster hören,
hautnah bist du wieder bei mir,
mit deinem lustvollen Stöhnen,
hautnah ist unsere Liebe heute,
so glücklich, schön und rein.

Dein Po lächelt

Wenn du dich so vor mir ausziehst,
fahren meine Gedanken Achterbahn,
dein Po lächelt mich zuckersüß an,
lass ihn wackeln, schwing ihn für mich,
in meinen Augen lodert die Geilheit,
dein Körper lädt mich nun zu dir ein·

Begehrend drauf

Liebesgedanken nur für dich,
Streichelspiele im Liebesnest,
erregendes Kribbeln auf unserer Haut,
saftig dein Schoß durch meine Hände,
hart die Mitte meiner Lende, dein Mund ist sanft,
unsere Körper sind schon wieder begehrend drauf.

In deinen Körper hinein

Ich möchte dich küssen,
und meine Hände dann,
bei dir auf Reisen schicken,
sanft über deinen Körper,
in deinen Körper hinein.

Nur dich träumen

Unter hunderten von Menschen,
sehe ich nur dich,
und träume von dir,
von deinen prallen Brüsten,
und deinem feuchten Schoß,
denke nur an deinen Venushügel,
glatt rasiert und weich,
ich will immer nur dich,
nur dich träumen.

Sind immer bereit

Nackte zarte Schenkel,
laden offen zu dir ein,
hungrig ist dein Blick,
du bist wieder nackt,
heißblütig dein Körper,
willig ist dein Lächeln,
dieser Zauber mit uns,
sind doch immer bereit.

Temptation

Sexy bodys,
making love,
hot skin,
with cum on it,
lucky faces,
you are the temptation,
satisfaction every day.

Ein Körper der Lust

Ein Griff,
unter deinen Rock,
erfüllt mich,
mit Erregung,
dein Kleid,
macht mit an,
komm zieh es aus,
darunter wartet,
ein Körper,
der Lust,
auf meine Hände,
meine Zunge,
- wartet auf mich.

Genüsslich eintauchen

Nackt bist du,
besonders schön,
anzusehen,
ich will in,
dein Fleisch,
eintauchen,
und dich dabei,
genüsslich hören,
und auch fühlen·

Ich hab Lust auf dich

Dein weiblicher Duft,
küsst meine Nase,
meine Lust nimmt zu,
wenn ich ganz langsam,
dein Höschen ausziehe,
küsse sehr genüsslich,
deinen Schmetterling,
ein delikater Körper,
liegt dort in meinem Bett,
bereit nun für mich,
ich hab Lust auf dich.

Bist du schon feucht?

Unsere Blicke treffen sich,
Begierde liegt in der Luft,
Lippen hauchen Worte,
zärtlich und verlangend,
Zungen treffen sich dann,
hast mich wieder verführt,
ich versinke in Lust,
bist du schon feucht?

Gefühle glühen

Zärtlichkeiten austauschen,
Haut fühlt liebevoll Haut,
Hände streicheln zärtlich,
Körper sich verschmelzen,
Gefühle langsam glühen.

Will nur

Ich will nur,
deine Hände,
auf meiner Haut,
und deine Küsse spüren,
überall an mir,
will nur,
deinen Mund,
zwischen meinen Lenden,
und das Kitzeln deiner Haare,
das alles nur mit dir.

Sehnsucht trifft Liebe

Wenn wir angezogen voneinander sind,
und uns dann ganz langsam ausziehen,
trifft meine Sehnsucht deine Liebe,
überfällt uns die heiße Lüsternheit,
das ist alles was wir dann brauchen,
für die endlose Reise in unsere Welt.

Explosiver Höhepunkt

Machen süße Sachen,
unsere Rituale nur,
Liebesfeuer brennt,
zwischen Schenkeln,
sind endlos verliebt,
zeigen unsere Körper,
zauberhafte Lust,
explosiver Höhepunkt.

Hast du Lust?

Manchmal,
bei einem Glas Rotwein,
und bei Kerzenschein,
frage ich mich,
wo du denn bist,
wärst du nicht gerne hier,
meunen Körper spüren,
und ich den deinen,
ich hätte gerne gewusst,
hast du Lust?

Wie im Paradies

Leidenschaft im Inneren brennt,
Küsse, endlos schön und erregend,
Reiz der Liebe lüstern vorgetragen,
durch Hände, Finger, Zunge, Haut,
Schenkel immer weiter spreizen,
wie im Paradies ist es nur mit dir.

In dir

Meine Hände,
liegen zärtlich,
auf deinen Brüsten,
küsse dich genüsslich,
Finger streicheln,
und in Gedanken,
ist meine Zunge,
bereits an dir,
in dir,
du triefst vor Lust,
dein Höschen,
ist ganz nass...

Geträumt von dir

Ich hab geträumt von dir,
da war was zwischen dir und mir,
ich fühlte deine großen Brüste,
das schürte unsere Gelüste,
so war das dort im Dämmerlicht,
aber aufhören wollten wir nicht,
so verbrachten wir die Nacht,
es hat uns sehr glücklich gemacht.

Warte auf deine Hände

Ich streichele die zarte Haut an deinem Po,
noch hast du einen kleinen zarten Spitzenslip an,
doch nicht mehr lange, dann ziehe ich ihn dir aus,
lasse meine Hände weiter fahren auf deiner Haut,
bis sie ganz feucht sind, von dem, was sie berühren,
und dann warte ich auf dich und deine Hände...

Begierde in mir

Ziehe dich aus,
nur mit Blicken,
ganz nackt,
stehst du da,
Begierde in mir,
ich schwebe,
ich lodere,
bin ganz tief in dir,
komm jetzt,
und zeig es mir·

Berauscht die Sinne

Es ist,
immer wieder,
dein Mund,
der mich,
verrückt macht,
egal,
ob auf meiner Haut,
oder,
auf meinem Mund,
oder auf IHM,
er berauscht,
die Sinne.

Der geile Tau

Spreiz die Schenkel,
mach die Beine breit,
von deinen Rosenblättern,
perlt der geile Tau,
ich will ihn schlecken,
will in dir baden,
dich voll genießen,
höre niemals auf·

Wie du es brauchst

Ich liebe es,
wenn du mich,
benutzt,
um dir,
Befriedigung,
zu verschaffen,
durch mich,
durch meinen,
Körper,
nimm mich,
wie du willst,
so, wie du es brauchst,
wann immer du willst...

In rotem Licht

Auf dem Sofa,
sitzen wir,
in rotem Licht,
ich will es jetzt,
knie dich hin,
mach meine Hose auf,
zieh sie hinunter,
nimm dir,
was auf dich wartet,
lutsch ihn zart,
deine blauen Augen,
schauen mich liebevoll an,
gierig ist dein Mund,
ich genieße dich...

Grenzenlose Lust

Saugend an deinen Nippeln,
hocke ich ganz nackt über dir,
die Reise der Lust beginnt bei mir,
und auch du kommst in Fahrt,
unsere Zungen wandern auf Haut,
Münder lecken und lutschen,
dem Höhepunkt wild entgegen,
unsere Lust ist wieder grenzenlos.

Finger bewegen sich

Ich streichel über deine Brüste,
dann gleite ich über deinen Bauch,
meine Hand verschwindet danach,
in deinem Slip, Finger bewegen sich,
ich fühle deine feuchte Erregung,
ich will dich hier und jetzt sofort.

Geschmack der Leidenschaft

Meine Zunge,
dringt in dich ein,
in deinen Mund,
in deinen Erdbeermund,
wo immer du es willst,
Tropfen deiner Lust,
kleben an meinen Lippen,
Geschmack der Leidenschaft,
dein Stöhnen schwillt an...

Kaum beschreibbar schön

Ich spüre dich noch,
auf meiner Haut,
schmecke deine Leidenschaft,
obwohl du Stunden weg bist,
mit dir ist es Lust,
die niemals vergeht,
es ist ein Zauber mit uns,
kaum beschreibbar schön.

Du lockst mich

Du lockst mich,
mit deinem Sein,
deine Stimme,
in meinem Ohr,
du lockst mich,
mit deinem Geruch,
deine Augen,
tief in mir,
du lockst mich,
immer zu dir,
kann nicht widerstehen·

In die Arme

Nimm mich in die Arme,
drück mich ganz fest,
dann nimm mich hart ran,
das brauche ich,
und dann wieder,
nur in die Arme·

Verlange nach ihm

Dein Körper ist,
so sinnlich,
und grenzenlos,
begehre seine,
Berührung,
verführerisch schön,
so weiblich,
und sexy,
ich verlange,
nach ihm·

Beschreibe uns

Roter Wein,
im roten Licht,
ein leckeres Mahl,
kuscheln zu zweit,
Sinne in Ewigkeit,
dein Körper danach,
fühlbare Liebe,
so bin ich,
am liebsten mit dir,
so beschreibe ich uns.

Ewig unvergessen

Ich will diese Momente nur mit dir,
denn ich mag, was du mit mir machst,
wenn wir ganz alleine zusammen sind,
wie du mich in den Wahnsinn treibst,
mit deinem Luxuskörper, deinem Mund,
wie wir gemeinsam fühlen, Haut an Haut,
ich träume oft von diesen Momenten,
unvergessen werden sie ewig mal sein·

Feuchte Weiblichkeit

Weitgespreizte Schenkel,
meine Finger tief in dir,
in deiner saftigen Frucht,
feuchte Weiblichkeit,
spritzt mir entgegegen,
zeigst mir schamlos,
was ich küssen will,
und ich küsse und lecke,
kann wieder nicht aufhören,
zu schön das Spiel.

Rhythmische Körper

Meine Hände massieren deine Brüste,
du genießt die Berührung ergeben,
deine Hände gleiten über meinen Körper,
ich versinke in aufkommender Lust,
so verführen wir uns zu viel mehr,
in meinen Lenden keimt die Begierde,
merke, dein Atem wird ganz schwer,
bald verschmelzen wir fest ineinander,
aus dem Gefühl der Liebe wird Gier,
wie geben uns, was wir jetzt brauchen,
rhythmisch sind unsere Körper und wir·

So geil mit dir

Du sitzt nackt,
auf meinem Schenkel,
und reibst dich an mir,
ich spüre,
deine Erregung,
deine Wärme,
sehe Feuchte,
verschmiert auf mir,
kommst in Ekstase,
so geil mit dir.

Spuren an uns

Mit zarter Hand verführen,
Träume vom Venushügel,
Zungen lecken einander,
Hände berühren Haut,
unsere Säfte fließen geil,
es spritzt und spritzt,
Spuren von dir an mir,
Spuren von mir an dir,
spielen die ganze Nacht.

Öffnet Leidenschaft

Wenn meine Hand,
dich berührt,
und der Funke überspringt,
meine Hand erzählt dir,
von mir,
und von meinen Sinnen,
von meiner Liebe,
und meiner Begierde zu dir,
vorbei die Sehnsucht,
du bist endlich da,
gib mir Haut,
meine Hand streichelt,
liebkost,
öffnet,
deine Leidenschaft.

Nicht von dieser Welt

Manchmal,
wenn wir uns in die Augen sehen,
passiert etwas zwischen uns,
dass man nicht beschreiben kann,
es ist so tief und so erotisch,
dass danach alles intensiver ist,
jeder Kuss und jede Berührung,
steigert sich ins Unermessliche,
wodurch alles, was wir machen,
nicht von dieser Welt zu sein scheint.

Licht der Zeit

Ich sehe in dir nicht nur,
deine Schönheit oder,
deinen begehrenswerten Körper,
sondern das Licht der Zeit,
dass für mich scheint,
und mich am Leben hält.

Bald...

Wenn du dich an mich schmiegst,
und unsere Körper in Einklang sind,
saugen sie Zärtlichkeiten auf,
sanfte Küsse auf weicher Haut,
genießen unsere zarten Liebkosungen,
während unser Atem schneller wird,
Erregung liegt verführend in der Luft,
Worte flüsternd, werden wir lüstern,
bald wird uns die Lust überkommen...

160

Wann hast du Zeit für mich?

Ich bin immer,
bereit,
für dich,
ich bin immer,
geil,
auf dich,
könnte sofort,
schon wieder,
für dich,
so wie du willst,
deinen,
Körper,
liebkosen,
und verwöhnen,
wann hast du,
Zeit für mich?

Nach unserer Explosion

Dein Lächeln,
gleich einer Verführung,
dein Blick,
sagt mir,
zieh mich aus,
die Zunge leckt über deine Lippen,
du willst es jetzt und hier,
doch sprichst es nie aus,
sehe es dir an,
du willst es,
so wie ich auch,
wir verschmelzen,
zu einem Körper,
Köpfe vergraben zwischen Schenkeln,
und lassen erst los,
nach unserer Explosion·

Ich gebe es dir

Sitzt im Stuhl,
mir gegenüber,
ziehst langsam,
dein Höschen aus,
sehe deine Lust,
schon ganz feucht,
ziehst die Schenkel an,
deine Finger berühren dich,
dringen in dich ein,
kann dich riechen,
fasse mich nun auch an,
so sitzen wir,
und schauen uns zu,
bis du bald laut kommst,
dann willst du schlucken,
ich gebe es dir.

Haare auf Haut

Wenn deine Haare,
sich auf deiner Haut bewegen,
ergibt das Schauspiel,
einen schönen Kontrast,
der mich anzieht,
und den Rest von dir,
ausziehen will,
am besten dann sofort,
um dich überall zu küssen,
dich überall zu streicheln,
und um mich an dir zu reiben.